图书在版编目(CIP)数据

跟我来，鸡宝宝们 / 吕丽娜文；俞寅图. –上海：上海教育出版社，2018.4

（看图说话绘本馆·小熊芒果系列）

ISBN 978-7-5444-8286-8

Ⅰ.①跟… Ⅱ.①吕…②俞… Ⅲ.①儿童故事–图画故事–中国–当代 Ⅳ.①I287.8

中国版本图书馆CIP数据核字(2018)第068601号

作　　者　吕丽娜/文　俞　寅/图
责任编辑　王爱军　王　慧
美术编辑　王　慧　林炜杰
封面书法　冯念康

看图说话绘本馆·小熊芒果系列

跟我来，鸡宝宝们

出版发行	上海教育出版社有限公司	印　张	2
官　网	www.seph.com.cn	插　页	1
地　址	上海市永福路123号	版　次	2018年4月第1版
邮　编	200031	印　次	2018年4月第1次印刷
印　刷	浙江新华印刷技术有限公司	书　号	ISBN 978-7-5444-8286-8/I·0107
开　本	787×1092 1/16	定　价	29.80元

如发现质量问题，读者可向本社调换　电话：021-64377165

像一颗小星球，闪闪发亮…

吕丽娜

我很喜欢用植物的果实和花朵给我的童话主人公取名字，比如铃兰小姑娘呀，豌豆丫头呀，银杏先生呀，诸如此类。我觉得果实和花朵各有各的颜色，各有各的香气，各有各的滋味，各有各的诗意，所以非常适合做童话主人公的名字。

在《跟我来，鸡宝宝们》这个故事里，我给主人公小熊取名为芒果。芒果是我十分喜爱的一种水果，它那金灿灿的颜色就像春日的阳光，总令人心生暖意和欢喜。故事里的这只小熊名字叫芒果真的再合适不过了，这不仅因为他有一身芒果色的皮毛，更因为他有一颗温暖的心，仿佛心田里的每个角落都洒满了金灿灿的阳光。

是的，小熊芒果的内心是有光芒的，而且只要一有机会，他就很乐意用自己的光芒照亮身边的所有生命。在这个故事里，小熊芒果就有了这么一个机会：母鸡太太忙得团团转，所以请小熊芒果带她的宝宝们出去散步。

于是小熊芒果高高兴兴地当上了"小家长"。他做得多么有模有样呀——他既让小鸡们看到了一路上的美好风景,也让小鸡们学会了爱护周围的一草一木;他既让小鸡们学会了遵守秩序,也让小鸡们放飞心情,痛痛快快地玩了游戏;他既让小鸡们学会了友好地对待身边所有的人,也教他们学会对弱小的生命心存善意。他让小鸡们不仅收获了大大的、漂亮的彩色气球,还收获了乐趣,收获了成长。在这条长长的散步的路上,小熊芒果就像一颗闪闪发亮的小星球,把小鸡们的世界照得又明亮,又美丽。所以小鸡们全都兴高采烈地说:"散步真开心呀,我们好喜欢和芒果哥哥一起去散步!"

其实,每个孩子的内心都是有光芒的,而且只要有机会,也都很乐意用自己的光芒照亮周围的世界。大人们不妨多给孩子们创造一些这样的机会,让每个孩子都能像一颗闪闪发亮的小星球,照亮他们周围的大世界。

小鸡们可真淘气！瞧，趁小熊芒果一转身的工夫
迅速地藏了起来。哈哈，原来它们想和芒果哥哥玩捉迷
你能帮助小熊芒果把 9 只小鸡全都找到吗？

跟我来，鸡宝宝们

吕丽娜/文　俞　寅/图

上海教育出版社
SHANGHAI EDUCATIONAL
PUBLISHING HOUSE

"小熊芒果，去散步啊？"

"是呀，母鸡太太！"

"可不可以带上我的9只鸡宝宝一起去呀？我今天忙得团团转！"

"没问题，母鸡太太！"

"鸡宝宝们，快去戴好你们的太阳帽，跟着芒果哥哥散步去吧，要听芒果哥哥的话哦。"

"小鸡们注意啦，排好队，一个接一个，要紧紧跟着我，不可以乱跑。"

"深呼吸，闻一闻花香吧，但是不要摘花哦。"

"听听小鸟唱的歌吧，但是不要吓唬它们哦。"

"瞧，那边有位漂亮的夫人在对我们微笑，一起向她挥挥手吧！"

"看呀，一片蒲公英花田！谁愿意参加吹蒲公英比赛？"

"走在这种小路上最有趣啦。哎呀，是谁乱丢垃圾呀，这可真不好。我们捡起来，丢进垃圾筒，好不好？"

　　"瞧，对面过来了一位熊婆婆。给她让个路吧，要做有礼貌的鸡宝宝哟。"

"看啊，鸭伯伯正推小车上坡呢。一起去帮忙吧，要做乐于助人的鸡宝宝哟。"

那边有卖气球的！太棒了，小熊芒果口袋里的硬币，正好够给每只小鸡买个气球。每只小鸡都可以挑选自己喜欢的颜色哦。

"散步真开心呀，我们好喜欢和芒果哥哥一起散步！"
小鸡们一回到家，就抢着告诉妈妈。

"太谢谢你啦，小熊芒果！"
"不客气呀，母鸡太太！"

吕丽娜

北京作家协会会员。1996年起发表作品，迄今已出版童书100余册，主要作品有《会思想的书》《麦先生的秘密》《对着一千颗星星许愿》等。曾获冰心儿童文学新作奖、陈伯吹儿童文学奖、上海市作家协会幼儿文学奖等奖项。

俞 寅

职业画家。毕业于中国美术学院，现居杭州。热爱自然，总喜欢往山里跑，看树，看草，看虫，寻找各种动物。朋友取笑说她就是个适合隐居的人。平日宅在家中画画，闲时爬山远游。"世界这么大，善良的人这么多，要多去看看才好。"